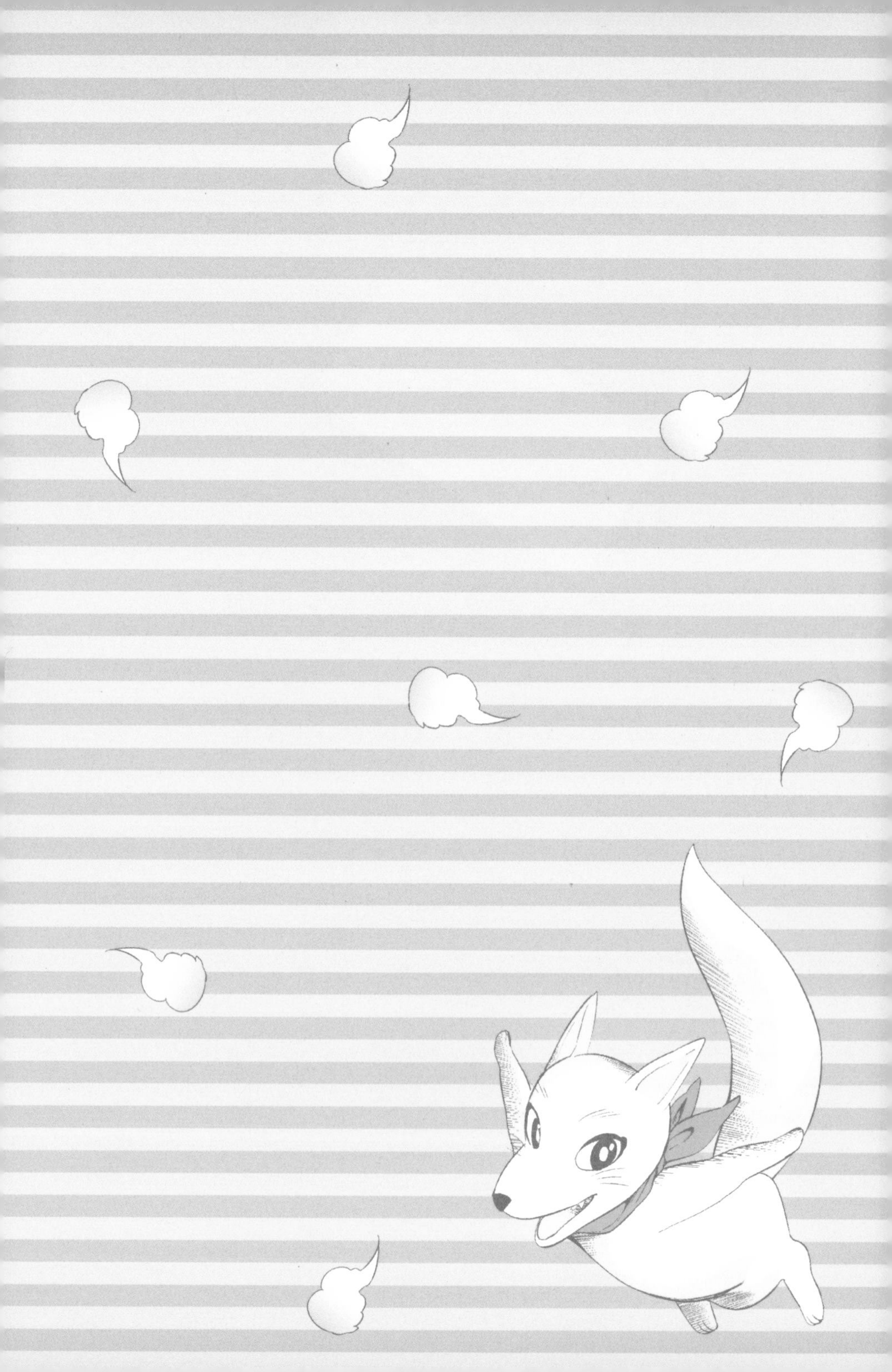

召喚魔法的少年
幽靈貓福子③
文・廣嶋玲子　圖・薔薇松瞳　譯・王蘊潔

目次

話說從頭

大家好！你們最近過得好嗎？我是福子，丸子町的幽靈貓福子。

在我意外過世前，我是這一帶的人氣貓，也是無人不知、無人不曉的明星貓，大家都很疼愛我。

從小到大，我從不愁吃喝，無論走到哪裡，大家總是親切的和我打招呼，呼喚著「福子、福子」。

有著這份關愛，現在，輪到我回報大家恩情的時候了，我決定用幽靈貓獨特的方式來守護丸子町。別看我只是個幽靈，我在丸子町挺活躍的。上次封印了古墓裡的魔怪，還解除了魔女的咒語。

是的！我解決的都是一些奇奇怪怪的事。

而這一次，丸子町再次發生奇妙的事件，你們慢慢聽我細說分明吧！

準備好了嗎？我要開始說故事了。

1 變成絨毛娃娃？

季節快速變幻，秋天來了。我喜歡秋天，涼爽的秋風吹拂真舒服，樹木也染上各種顏色，最重要的是，秋天的食物特別美味，尤其肥美的秋刀魚讓人口水直流。

夜晚更不用說了，明亮的月亮懸掛空中，我最愛躺在無花果屋的屋頂賞月。

那天晚上也一樣。

萬里無雲的天空，月色皎潔又明亮，一切是那麼的美好，我渾身舒暢的大口呼吸。

一到秋天，連空氣都很美味，看樣子明天的天氣也不錯，應該會是個秋高氣爽、晴空萬里的好天氣。

丸子幼兒園的小朋友明天要去笹子山上撿栗子，遇到這樣的天氣，真是太好了。

我打算跟著一起去，順便看顧他們，以免有人走丟了。小孩子嘛！兜來晃去的亂跑，一不小心就會迷路。

正當我這麼想時，前一刻還輕輕吹拂的舒服夜風，卻突然變成了一陣又一陣奇怪的冷風，溼答答的猛往我身上黏，還飄來一股甜甜的香氣。

我用力一聞，整個腦袋都感到酥麻。

「來這裡、來這裡。」

怪異的風和甜味的香氣好像在呼喚我。

好奇怪啊！我的腦袋和心靈都被「必須聽從這個指示，前往那裡」的想法填滿了。

我飄飄然的浮在半空中，飛向聲音傳來的方向。

腦海中不時浮現「咦？有點不太對勁？」的念頭，不過「我得去那裡」的想法更加強烈，根本無法克制，就像聞了貓薄荷般的精神恍惚。

就這樣，我來到一棟房子前。這裡沒有人住，但二樓的窗戶透著亮光。

有人在裡面！呼喚我的人就在這棟房子裡。

我輕輕的穿越牆壁，進入屋內。那是一間很小的和室，榻榻米上放了一大張白紙，紙上畫了一個圓，圓裡寫滿了令人費解的文字和圖案。

我情不自禁的被吸引，朝那張白紙坐下來，頃刻之間，那張紙像是黏在我的屁股上，這讓我猛然回過神。

「啊！這是怎麼一回事？」我慌忙想要站起身。

「關起來！」隨著尖銳的吼聲，屁股下的白紙發出一道光，紙上長出好多根黑色金屬棒，在我身旁結合成一個黑色牢籠，而我被關在裡頭！

我詫異的連話都說不出來。我被抓住了嗎？為什麼要抓我？

我驚訝的東張西望，察覺到有人靠近。

一個少年的身影出現在我身邊，他彎下腰，看著被囚禁的我。沒錯！他的一雙大眼直盯著我，他就是在看著我。

可是，我是隻幽靈貓，照理說，普通人應該看不到我才對啊！

我瞪大雙眼看著那個少年。他大概十一、二歲吧？

個子很高，穿了件白色的毛衣和棕色的長褲，銀框眼鏡後的臉很俊秀，淺棕色的頭髮散發出高貴華麗的氣質，就像是童話故事裡的王子。

少年露出淺淺的微笑說：「小貓咪，你好！歡迎你來到這裡。」

我充滿戒心的開口問：「你……是人嗎？」

「當然是啊！」少年點點頭，「但我不是普通人，我叫辻之宮司，我的職業是魔法師。」

「……」

我用力的眨了眨眼，他的年紀這麼小，竟然有「職業」，還是個魔法師？

「你到底是誰？」

「我不是說了嗎？我是魔法師。」

少年拍了一下手，房間深處的門瞬間開啟，一張紅色的椅子像是長了腳一樣走過來，讓我嚇了一跳。

少年往椅子坐下，舒服的靠著椅背，面對著我。

看來這個叫司的少年，確實是有特殊能力的人。

「小貓咪，你呢？你叫什麼名字？」

「我叫福子，是隻幽靈貓。」

「福子，真是個好名字。」

司不知道從哪裡拿出一枝筆，在便條紙上快速的寫了又寫。

「是你把我叫來這裡的嗎？」

「是啊！我想找這裡的神靈幫個忙，只不過……我有點意外。」

「意外？」

「我想找的是這裡最有實力的神靈，完全沒想到出現在我面前的，竟是像你這樣的……幽靈貓？」

「什麼叫像我這樣的？這句話是什麼意思？」

司的話讓我怒氣沖天，全身的毛都炸了起來。

「既然你這麼不滿，就快放了我！沒來由的把我關起來，你以為你是誰！快放我出去！」

「好了、好了！冷靜點，別激動。雖然這樣說有點不好意思，可是我不能放你走，因為我也有該做的事，所以你必須陪我一陣子。」

司露齒笑著從椅子上起身，把手伸向我，他的手上戴著銀戒，戒指閃耀著明亮的光芒。

這時，籠子頂部宛如鮮花綻放般打開了，我立刻想要逃離這裡，因為有股不祥的預感籠罩著我。

沒想到還是慢了一步。司拿出一個奇怪的東西放在我面前，看起來像是片薄薄的木牌，上面寫著我的名字「福子」。

我好奇的碰了碰木牌，身體竟被用力的拉扯過去，一股強大的吸力吸住我，接著，又像是被雷打到般，受到一陣強烈衝擊。

「啊！」

我全身麻痺，眼前一片漆黑。

當我稍稍清醒後，發現自己被司抱在手上，我倉皇的想要逃走，身體卻無法動彈。

我既害怕又生氣，忍不住放聲大吼：「你想要做什麼？放開我！」

「福子，對不起，請忍耐一下。」

「開什麼玩笑！等我恢復行動的能力，你給我小心點，我絕對會用鋒利的爪子好好對付你。」

過了好長一段時間，我的身體依舊動彈不得，但我的感覺變得很敏銳，比之前更清楚的感受到很多事，像是司的雙手和他的呼吸，這感覺有點像是……重新活過來了！

這一定和剛才那陣像是被雷打到的衝擊有關。

我瞪著司問：「你對我做了什麼？」

「我把你變成了絨毛娃娃。」

「什麼？」

「你想看看自己嗎？」

司拿出一面鏡子照著我，我愣住了。

鏡子裡，司的手上抱著一隻白毛中有幾個黑色小圓點、圓滾滾的貓咪絨毛娃娃，一動也不動的看著我。是的，一隻和我長得一模一樣的絨毛娃娃正呆呆的看著我。

司開心的說：「福子，你暫時當我的守護者，也就是保鏢吧！你是這裡的神靈，我要完成我想做的事，有你的陪伴最好不過了。」

司自顧自的說著他的理由，毫不在乎我的感受，直到發現我怒視的眼神。

「別擔心！等我完成該做的事，就會離開這裡。而你呢？就可以變回原來的樣子。在那之前，請你先忍耐一段時間。」

司對著我露出揶揄的笑容。

2 特賣日的騷動

隔天早晨，司走進房間裡，一把抱起了我。

「早安！福子，昨晚睡得好嗎？」

「怎麼可能睡得著？」

我用像是從地獄深處發出的聲音怒吼。

昨晚司把變成絨毛娃娃的我獨自留在這裡，我不斷嘶吼，直到幾乎無法發出聲音才放棄。

「你沒有聽到我在叫你嗎？」

「我用了耳塞，沒有聽到。」

司泰然自若的回答讓我怒火中燒，看來他絲毫不在意我說的話。

「來，我們先到樓下，等一下吃完早餐，跟我去街上一趟。」

「我哪裡都不想去！如果你要去街上，自己一個人去，恕不奉陪。」

「好了、好了！別說這種話嘛！」

不顧我的反對，司抱著我來到一樓，早餐已經準備好放在桌上。

司把我擺在桌旁，開始吃起盤子裡的荷包蛋。

「你的家人呢？你不和他們一起吃早餐嗎？」

「我沒有家人啊！我一個人住在這裡。這件事我不想被別人議論，所以準備了假的爸爸和媽媽。」

「假的爸爸和媽媽？」

這時，一個女人從廚房走了出來，在司的杯子裡倒

滿柳橙汁。她長得很漂亮，和司有點像，但眼神渙散，散發奇怪的感覺。

「這個人該不會……」

「對啊！她是我做的蠟人。別看她這樣，做飯、洗衣和打掃，全都由她一手包辦。像我這樣的小孩一個人住，鄰居們一定會覺得很奇怪。有他們假裝成我的爸爸和媽媽，如此一來，即使只有我一個人住在這裡，也不會不方便。」

「你不會覺得寂寞嗎？」

司不發一語陷入沉默，把早餐的盤子推到一旁。他的臉頰微微漲紅，應該是被我說中了心事。

我有點同情他，年紀這麼小就要獨自生活，身旁只有假人陪伴，實在太可憐了。

正當我這麼想時，司又恢復那股傲慢的態度。

「不吃了。我們出發吧！」

「別再開玩笑了，快解除我身上的魔法！」

「福子，別這麼說嘛！我會盡可能小心保護你，你就開心的陪我好了。對了，普通人可是聽不到你說話的聲音唷！所以你可以省點力氣，因為你再怎麼大吼大叫也沒用。」

不管我的大聲抱怨，司依舊抱著我出門了，這讓我十分生氣。

坦白說，被變成絨毛娃娃真的很不舒服，全身動也不能動，只能被司抱著走來走去，真是糟透了，我得想個法子擺脫這種狀態。

我努力克制怒氣，試著用溫柔的語氣對司說：「你聽我說，這裡還有其他神靈，你知道笹子稻荷嗎？神社裡有隻狐狸神叫做月尾，牠應該和你很合得來。你可以把牠變成絨毛娃娃，和你一起生活。」

「不用麻煩了！我覺得福子比較好。福子，你還沒死心嗎？」

「我怎麼可能輕言放棄？你莫名其妙的出現，還把我變成絨毛娃娃，然後要我死心？」

「你老是這樣氣鼓鼓的，小心身上的毛掉光光，還氣壞了身體。你現在這樣全身毛茸茸的多可愛，真是太舒服了。」

司輕輕的撫摸著我身上的毛，我不禁發出低吟。

「你給我記住！等到魔法解除，我發誓！我一定會用爪子抓爛你全身。」

「呵呵，你在恐嚇我嗎？我一點都不擔心，到時候我早就離開這裡了。」

司一邊說著這些討人厭的話，一邊東張西望，好像在找什麼東西。

「對了，你說你要完成你想做的事，那是什麼事？你為什麼會來這裡？」

「我是來這裡找東西的。福子，你該不會剛好知道吧？這一帶應該有一個人和動物都不想靠近的地方，你知道那是哪裡嗎？」

霎時，我腦海中浮現古墓的影像，那裡封印了恐怖的魔怪，散發不祥的氣息，大家似乎很有默契的知道不可以靠近那裡，也的確沒有人想要靠近那裡。

我的第六感告訴我「不可以把這件事告訴司。」所以，我並沒有說出口。

不料，司看向我的雙眼說：「福子，你是不是知道我想知道的事呢？」

「你是問『古墓』嗎？古墓就在這附近，只要穿越前面的丸子商店街就到了。」

我的嘴巴竟然自己開始說話。

「呃，發生什麼事了？為什麼？我明明不打算告訴你的呀！喂！這也是你的魔法嗎？」

司沒有理會我，高興的說：「原來是這樣。前面就是商店街入口，我們走吧！」

「唉！隨便你。」

司輕快的跑了起來，我真心覺得他無藥可救了。這個傢伙實在令人討厭，完全不聽別人說話，不！他也不聽貓說話。我原本想警告他，千萬別去古墓，既然他不聽我說，那就算了，這種人就是要吃點苦頭。

其實我知道除了陰森的古墓之外，還有另一件會讓司手足無措的事——他想要穿越丸子商店街，真的是大錯特錯，太搞不清楚狀況了，今天可是商店街每月一次的特賣日。

丸子商店街的特賣日不光是各式各樣的商品都很便宜，餐廳和飲料店還會推出只有在特賣日才會販售的吸睛商品。

頑固老闆鐵二和女兒朝子共同經營的「好吃屋熟食店」，店裡的燉菜、滷味等料理都非常好吃。朝子最近還迷上義大利菜，特賣日推出的拿手好菜是鯷魚黑橄欖佐馬鈴薯高麗菜這麼新潮的菜色；「高貴西餐廳」則是每逢特賣日都會推出燉煮三天三夜的「奶油燉牛肉」，那入口即化的牛肉，好吃得不得了。

「飯糰屋」配合季節，推出秋天特有的栗子糯米紅豆飯和蕈菇炊飯飯糰，搭配

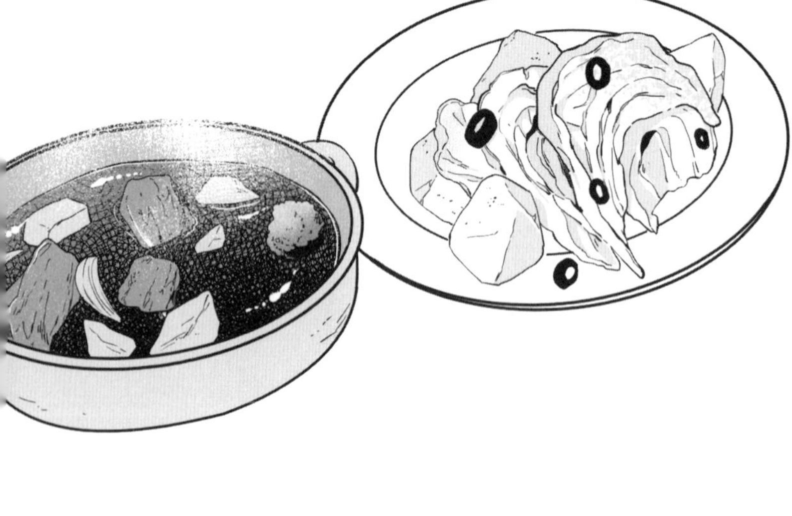

成「當令飯糰組合」；可樂餅店「可樂助」推出溫潤可口的奶油螃蟹可樂餅；「大福烘焙坊」則推出加了滿滿卡士達醬和豆沙的小倉奶油麵包。

別忘了還有「藍月咖啡店」口感豐富的咖啡果凍。磨豆機裡的精靈瑪蒂露德鼎

力相助，推出的咖啡果凍總是成為熱門商品，一下子就銷售一空。

每逢特賣日，商店街的熱鬧程度更勝平日，雖然現在才上午十點，但商店街早已擠滿了人。

司貿然的闖入商店街，我想都不用想，不一會兒，他被滿滿的人群擠來擠去，一路被居民們推著走。

被擠暈頭的司上氣不接下氣的對我說：「福子，這是怎麼一回事？全丸子町的人都來這裡了嗎？為什麼會有這麼多人？」

「這就是丸子商店街特賣日的盛況啊！我原本想先提醒你的，但誰知道你根本不聽我說話。」

「怎麼會這樣！啊——」

被司抱在手上的我，快被婆婆媽媽擠扁了，司連忙把我高舉起來。

「啊！是福子。」有人大叫出聲。

商店街上嘈雜的人潮頓時安靜，所有人的目光集中在我身上，就連自命不凡的司也愣住了。

接著，七嘴八舌的議論聲響起。

「福子？」

「那是福子吧？」

「還是絨毛娃娃？」

「哇！好可愛，簡直是福子的翻版。」

轉眼間，我和司被群眾重重包圍。

「這是你的娃娃嗎？」

「對、對啊！是我的，怎麼了嗎？」

「真叫人難以置信，實在是太像了。」

「豈止是像，根本一模一樣。啊！不行了……我好想哭。」

「可以讓我摸一下你的絨毛娃娃嗎？這是『風月堂和菓子店』的三色丸子，請你吃。」

「真的可以摸嗎？我也要摸！我送你小倉奶油麵包。」

「我也要！」

人潮一擁而上，眾人紛紛將手伸向我。

「摸起來好舒服，軟綿綿的，好有彈性。」

「就像是福子本尊。」

「真的會讓人想起福子。」

「這個絨毛娃娃真不錯，也很可愛，還和福子長得很像，我們店裡也來做做看好了。」

「可以和你打個商量嗎？借用一下你的絨毛娃娃，當作我們店裡新商品的樣本。」

「你摸太久了，該輪到我了，後面還有很多人在排隊呢！」

大家嚷嚷著「不要推」，卻爭先恐後的擠向前，有人甚至摸了又摸，每摸一次，就有人把商店街販售的食物塞到司的手上，司嚇得目瞪口呆。

司終於發現這樣下去會沒完沒了，大喊著說：「對不起！請讓我休息一下。」

趁大家稍稍停歇時，司抓著手上的食物，緊抱著我往前飛奔，總算離開了商店街。

司大口的喘氣，看著我說：「福子，你到底是誰？

為什麼大家都認識你？」

「我活著的時候，可是這一帶備受寵愛的明星人氣貓呢！」

「明星？連你也可以當明星！可見這裡應該沒有其他貓吧……」

「你這話是什麼意思！」

我的語氣雖然憤怒，但其實我並沒有生氣，非但沒有生氣，內心還非常感動。

「藍月咖啡店」的一郎先生、聒噪雙胞胎高中生奈菜和瞳美、書店老闆松田先生、熱愛動物的小權、家庭主婦村山太太、愛管閒事的三輪太太、「桃木玩具屋」很會做生意的桃木先生、老太婆三人組花鳥風月……爭相想要來摸摸我的，都是我認識的人。

車禍意外發生前，他們

每天都會準備各種好吃的食物餵我，還會和我打招呼。我從未想過這輩子還有機會讓他們摸摸我，聽到他們叫我的名字。

丸子町居民們的每一次觸摸都像是一股暖流，深深打動我的心。

雖然司把我變成絨毛娃娃讓我很火大，但我因此有了這麼美好的經驗，我決定不再繼續生氣。

「你接下來要做什麼？」

司看了看懷裡滿滿的食物說：「得先解決這些，總不能丟掉吧！」

「廢話，這還用你說。你要是敢浪費這些食物，我絕不饒你！」

「那在去古墓之前，先吃點東西。早餐吃太少，剛好肚子有點餓了。」

「這主意不錯，附近有座小公園，我們可以去那裡休息一下。」

司點點頭，朝小公園的方向走去。

「把福子還給我！」

一個充滿怒氣的聲音在我和司的身後響起，司轉頭一看，原來是夏美。

3 背後的目的

夏美是商店街上「戶隱蕎麥麵店」老闆的女兒，平時文靜又溫柔，但現在的她瞪眼怒視，表情十分可怕，似乎隨時準備撲過來。

夏美指著我大聲的說：「這是福子吧？雖然看起來像是個絨毛娃娃，但我很清楚，牠就是福子。福子為什麼會變成絨毛娃娃？快把福子還給我！」

「你是誰？對著我大吼大叫，太沒禮貌了吧？」司慌亂的回應。

「廢話少說，把福子還給我！」

夏美一步步往司逼近，她渾身充滿氣勢，連我都感到有點害怕。我很擔心夏美會把司痛打一頓，平時不打緊，但現在這個狀況，我很有可能無法再變回幽靈貓的樣子。

我趕快對司說：「她叫夏美，因為某種緣故，和我之間產生了連結，所以可以敏銳的感受到我的動靜，你沒辦法騙過她。」

「那……該怎麼辦？」

「還能怎麼辦？事到如今，只能實話實說了。我接下來對你說的每一句話，你都要完整的轉述給夏美聽，知道嗎？」

「喔，好。」

司看著夏美說：「你先聽我解釋。」然後，他一字不漏的重複了我說的話。

「你叫夏美，就讀小學四年級，是商店街上『戶隱蕎麥麵店』老闆的女兒。你最喜歡爺爺的手工蕎麥麵和泡芙。喜愛美勞，不喜歡數學。去年夏天到古墓練膽，結果被奇怪的魔怪附身，是福子救了你。」

夏美瞪大了雙眼。

「你、你怎麼會知道這些事？我從來沒有告訴過任何人。而你，竟然連古墓的事都知道！」

「這是福子剛剛告訴我的。」

「果然是福子……」

夏美露出開心的表情，但是旋即又狠狠的瞪著司：「所以呢？為什麼福子會變成絨毛娃娃？而且為什麼在你手上？你是誰？」

「因為……我先自我介紹，我叫辻之宮司，我來丸子町是想要找個東西。福子說牠願意幫助我，所以就變成了絨毛娃娃。」

「你編這什麼故事，而且還是對你有利的故事，真相才不是你說的這樣。」我大叫著。

然而，夏美聽不到我的聲音，有了前面那段話，她立刻相信司的謊言。

「原來是這樣。福子就是這麼熱心，這次又想要幫助人呀？那我也要加入。我可以做什麼呢？不要客氣，你儘管說。」

「這……」

司看著手上滿滿的食物。

「我得先解決這堆食物，我一個人實在吃不完，你要幫忙一起吃嗎？」

「好啊！要不要去附近的小公園？那裡很安靜，非常適合野餐。」

「福子也這樣說。」

「是嗎？」

夏美臉上漾起笑容，看著我說：「呵呵，因為我和福子都是在丸子町出生的啊！我們走吧！我幫你拿一些食物。」

「謝謝。」

司跟在夏美後頭，來到了公園。

「你看！那邊是不是有一棵很大的櫻花樹？那裡是我的特等席。活著的時候，我經常爬到樹上瞭望整個城鎮，累了就睡個午覺。」

「夏美，我們去櫻花樹那裡吧！福子說櫻花樹下是個好地方。」

「我就知道，因為那裡是福子的特等席。司，真羨慕你可以聽到福子說話，我也好希望可以再次聽到牠的聲音。」夏美發自內心的羨慕。

司大口咬下飯糰，眼睛閃耀著光芒說：「太好吃了吧！我從來沒有吃過這麼好吃的飯糰。」

「那當然！這可是『飯糰屋』的特製飯糰。『串烤店』的漢堡丸子也很好吃，你試試看。哇！這不是『大福烘焙坊』的小倉奶油麵包和『可樂助』的可樂餅嗎？你連這種好貨都有。」

「不瞞你說，這都是託福子的福。夏美，你快選幾樣和我一起吃。」

「那我就開動了！」夏美也大口吃了起來。

三十分鐘後，眼前所有食物都清空了，他們兩個人居然這麼會吃。

「好滿足呀！我們的胃口真好，竟然把這些食物一掃而空。」

「沒辦法，太好吃了嘛！真是來得早不如來得巧，看來我來丸子町來得正是時候。」

「要是春天來，也很不錯唷！春天是賞櫻的季節，大家都會準備美味的便當，在櫻花樹下聚會、喝酒、唱歌或是聊天。」

我想起春天大家聚在一起的景象。

「聽起來很好玩！」

夏美伸長脖子問：「你說什麼很好玩？福子說了什麼嗎？」

「福子告訴我春天賞花的事，牠說你們都會結伴來賞櫻。」

「對啊！滿布的櫻花真的很美。不過比起櫻花，我更喜歡夏天的煙火大會，燦爛的煙火在天空綻放，又美又熱鬧。」

我和夏美輪流說著關於丸子町的事，丸子町是我們最愛的地方，三天三夜也說不完。

喜歡的地方、喜歡的人、各個季節不同的活動和廟會……我真的覺得丸子町是一個很特別的地方，住在這裡的我很幸福，夏美應該也有相同的感覺。

司靜靜的聽著我們說話，突然嘆了口氣，「這裡真是一個快樂的地方，等這一切結束後，希望我們全家可以搬來這裡。」

司的這番話讓我豎起了耳朵。全家？他不是說他沒有家人嗎？

夏美似乎也覺得有點奇怪，歪著頭好奇的問：「你希望全家都搬來丸子町是什麼意思？你的家人沒有和你一起住嗎？」

司臉上的笑容頓時消失，淚水盈滿眼眶，難過的低下頭。

「說出來吧！」我溫柔的對司說。

司沉默了片刻，小小聲的說出實話。

「其實……我離家出走了。」

「你說什麼？」

「不會吧！」

「是真的。因為我闖下大禍，在設法解決之前，我絕不能回家。」

司喃喃的說了起來，「我們家是世代傳承的魔法師家族。爸爸、媽媽、叔叔、阿姨……所有人都會施展魔法，尤其是我的表妹櫻子，雖然年紀比我小，但卻非常有天分，大家都說她是百年難得一見的天才，眾人的目光總是停留在她身上。」

司對這件事感到惱火，便想做一件驚天動地的事，讓大家刮目相看，於是，他去到辻之宮家的倉庫。

「我們家族的祖先會召喚魔法，將收服的妖怪、魔怪或幽靈做成標本，封印在倉庫裡沉睡。我原本想著，要是我能馴服一個小角色做跟班，大家一定會覺得我很了不起。」

「唉……」

我和夏美同時嘆氣，想著「只有傻瓜才會做出這麼愚蠢的事。」

「魔怪是如此的危險，所以才得封印起來。而你居然想讓魔怪做你的跟班，真不知道你在想什麼。」夏美無奈的說。

我完全同意夏美。

「所以……你失敗了？」

司愁容滿面的繼續往下說：「倉庫裡的魔怪標本都很巨大，而且長相凶惡，直到我發現一個很小的標本。那個長有黃金翅膀，像蛾一樣的妖魔就裝在小小的玻璃盒裡。」

司很有信心，覺得自己應該可以馴服這個小妖魔，偷偷的將玻璃盒帶出倉庫，回到房間。

「我打開盒子後，小妖魔開始拚命掙扎，我全然無法控制牠，最後，牠衝破窗戶逃走了！」

司慌了手腳，但他卻沒有勇氣告訴家人。他私自前往倉庫的事要是被知道了，肯定會狠狠挨一頓罵，倘若又被發現他把封印的妖魔帶出來，現在還不見蹤影，後果更是不堪設想。

無論如何，司都得快點找到逃跑的妖魔，把它封印起來或是澈底消滅。下定決心後，司瞞著家人，悄悄溜了出來。

「我後來才知道，逃走的妖魔叫做『雷蟲』，是一種非常危險的妖蟲。」

「雷蟲？妖蟲？」

「我在離家前，查看了爺爺的《妖魔圖鑑》，在書上發現了牠。牠之所以叫做『雷蟲』，是因為牠會呼喚雷電打在人或動物的身上，讓他們暴斃而死，這樣牠就能順利啃食他們的肉。」

「你在開什麼玩笑！」

我驚聲尖叫，夏美也嚇得深吸一口氣。

「你怎麼可以把這麼危險的妖蟲放出來！你說你來這裡是要找東西，該不會就是要找這隻妖蟲吧？這隻妖蟲在這一帶嗎？」

「既然是這樣，你為什麼不早說？早知道是這麼可怕的事，我們就不該浪費時間在這裡野餐。如果這段時間有人被雷蟲呼喚的雷劈死怎麼辦？你想到解決方法了嗎？快說，你到底想怎麼做？」

我和夏美你一言我一語，激動的質問司，他趕緊向我們解釋。

「別擔心！根據我的占卜，雷蟲的確逃來這裡，所以我設了結界，避免牠逃去其他地方，然後我便一路趕來丸子町。那隻雷蟲被封印了許多年，現在還沒有呼喚雷的能力。如果我的推測正確，牠勢必會先去具有眾多邪氣的地方，恢復自己的能力。」

「所以你才會想知道『古墓』在哪裡。那就不要在這裡浪費時間了，我們快去古墓！用跑的。」我著急的吼叫著。

「好、好！」

司抱起我，就要往公園外衝。

「等一下！你們要去哪裡？」

「我和福子要去古墓。夏美，你最好留在這裡，因為那裡很危險。」

「古墓！」

夏美聽到這兩個字有點畏縮。這也難怪，夏美之前就是在古墓被魔怪附身。

我以為夏美會因為害怕而選擇留在這裡，但是，夏美沒有多想，神情嚴肅的跟上司的腳步。

我們就這樣再次來到了古墓。

4 尋找雷蟲卵

古墓位在住宅區中一片鬱鬱蒼蒼的樹林裡，陰暗的林木間空氣混濁，連鳥都不想靠近，就算是再遲鈍的人也會有股「這裡好可怕」的感覺，所以不管是誰，都和這裡保持距離。

司一看到古墓，用力的點點頭，「這裡充滿邪氣，果然很像雷蟲喜歡的地方。福子，是不是有什麼妖魔被封印在這裡？」

「對！有一隻作惡多端的魔怪被澈底封印。我們得趕快找到雷蟲，你預備怎麼做？」

「用這個。」

司從口袋裡拿出一個小瓶子，裡面裝了黏稠的金黃色液體。

「這是『妖蜜』，一種很特別的蜜。雷蟲聞到妖蜜的香氣就會坐立不安，逼得牠從躲藏的地方現身。當牠舔食妖蜜後會瞬間睡著，因為我在妖蜜裡加了沉睡的魔法咒語。這是我研讀《咒語集》後，自己動手製作的，很厲害吧？」

司挺起胸膛，一副自信滿滿的樣子，但我忍不住開口罵他：「你在囂張什麼？還不是因為你愛面子，把雷蟲從倉庫裡放出來，才會發生這種事，而且還不敢告訴家人，一個人離家出走。惹出這些事太惡劣了！」

「因、因為我覺得很丟臉，我不僅不如櫻子，還讓妖魔逃走……我怕他們認為我沒出息，甚至對我感到失望。」司低下頭，咬著嘴脣說。

「我不覺得你沒出息啊！你的家人一定也不會這樣認為的。」夏美安慰心情低落的司。

「對啊！如果我是你的家人，『你不遵守吩咐，為了掩飾自己的失敗而離家出走』這件事才會讓人生氣。其實你的心裡非常清楚，應該向家人坦承並說出真相，即使會挨罵，他們也會幫助你一起找出雷蟲，這樣不是更好嗎？」

司像是被說中心事般的嘟起嘴，但無論如何都不願意承認。他真的太好強了！

「算了，現在說這些對事情也沒有幫助，只是浪費時間。走吧！」

我示意司提趕緊出發，他轉頭呼喊夏美跟上，我們就這樣走進了樹林。

我很久沒有來這裡了，這裡還是像以前一樣陰森可怕，潮溼的空氣，四周一片寂靜無聲，就像是被世界遺忘的地方，林木間完全看不到任何一隻生物，更讓人感到恐懼。

也許是因為緊張吧？司抱著我的手臂更加用力，夏美也一臉蒼白，努力克制內心的害怕，兩人之間圍繞著奇妙的氛圍。

很快的，我們來到一處開闊的空地，這裡是樹林的中心地帶，許多白色的小石頭堆放在一起，形成一個石塚讓人寒毛直豎。

「到了！那裡就是之前成功封印魔怪的石塚，千萬不能碰觸。」

「好！我就在這裡呼喚雷蟲。」

司拿出一個小杯子，把瓶中的妖蜜倒了進去，再放在地上。

「這樣就可以了。接下來只要等待，不出五分鐘，雷蟲就會現身。」

既然司這麼有自信，應該沒問題吧？不過，再怎麼有自信，之前也不應該到處亂晃，浪費時間啊！如果是我，絕不會像他那樣，因為這個世界上有太多意想不到的事了。

沒錯！我隱約有股不祥的預感，而且這個預感完全正確。五分鐘過去了，接著過了十分鐘、二十分鐘……雷蟲依舊沒有出現。司的臉色發青，顯得有點驚慌。

「太、太奇怪了！為什麼會這樣？照理說雷蟲一定會出現……這、這不可能啊！」

「司，你別緊張。」

「對啊！先鎮定下來。」

「妖蜜絕對有威力，我在這裡設置的結界也完美無缺，雷蟲就在某個地方……請你們相信我。」司慌張的喃喃自語。

「我當然相信你。」我語氣堅定的回答司，「再等下去，雷蟲恐怕也不會出現，我們先離開這裡。這裡的空氣對你或許沒影響，但會讓夏美不舒服。」

司望向夏美，她的臉色已經不是蒼白，而是毫無血色。樹林裡的邪魔之氣真的太重了，司連忙帶著我和夏美離開。

當我們走出樹林時，我突然感到脖子刺刺的，我看向西方的天空，笹子山出現在遠方，一道金色的光從山頂飛向天空，然後轉眼消失不見。

是雷！只是有點奇怪，雷不是應該從天上打向地面嗎？這道雷反倒像是從地面打向空中。

這讓我有股不寒而慄的感覺，我覺得這已經不是我們能夠解決的事了，我們需要找人幫忙。

「司，我們去笹子稻荷。」

「啊？」

「笹子山的山腳下有座神社，叫做『笹子稻荷』，我們去那裡找稻荷神使者幫忙。雖然牠是隻奸詐又搞笑的狐狸，但牠知道很多事，也許可以告訴我們一些有用的資訊。」

「這樣啊……好吧！夏美，福子說要去笹子稻荷，你可以帶我去嗎？」

「好啊！」稍稍回復精神的夏美說。

在夏美的帶領下，我們來到笹子稻荷。

「月尾，你在嗎？」我大喊著。

月尾聽到我的呼喊馬上現身，一看到我，大笑了好幾聲。

「福子，你的樣子怎麼那麼可愛！」

唉！真是太丟臉了，偏

偏被月尾看到我現在這個樣子。就是因為這樣，我原先才一點都不想來這裡。

我耐著性子，嘆了口氣說：「你先別鬧了！快幫我們解決問題，否則丸子町可能會出大事。」

「出大事？發生什麼事了？聽起來真不妙。」

我簡短的向月尾說明了事情的緣由，月尾收起剛剛胡鬧的表情，大驚失色。

「雷蟲？你說的是雷蟲嗎？為什麼會讓這麼可怕的妖魔逃掉？而且還讓牠逃來丸子町？哎呀！真是天大的困擾。」

司聽到月尾這一連串的話，沮喪到了極點，因為他深刻感受到月尾的焦躁。

司是魔法師，他可以看到月尾，也可以聽到月尾說話的語氣，不像夏美是個普通人，既看不到也聽不到月尾在說什麼。

算了，現在這種事根本不重要。

我對月尾說：「有件事不知道有沒有關係，我剛才在笹子山的山頂看到一道雷。」

「該不會是從地面打到天上的雷吧？」

「就是這樣。怎麼了？這和雷蟲有關係嗎？」

「有關係，而且大有關係！沒時間和你們在這裡閒聊了。」月尾跳了起來，「我們快去笹子山的山頂，動作快！我在路上再向你們說明。」

我們快步跟著月尾前往笹子山。

月尾說：「福子，你應該不知道雷蟲是什麼樣的妖魔吧？」

「我聽說牠會呼喚雷，打在人和動物身上。」

「對！但不光是這樣。雷蟲會產卵，牠的卵比一般蟲卵來得大，雌蟲為了產卵，會耗盡大量的力氣，最後變成一道雷升上天空。」

「就是我剛才看到的那道雷嗎？」

「八成是這樣。然而，接下來才是重點。雌蟲升上天空的目的，是為了召喚更大的雷，然後把雷打在地面的蟲卵上，蟲卵中的幼蟲就會孵化。」

「天啊！」

「可怕的是，卵中並非只有一隻幼蟲，而是有上百隻，一旦牠們在丸子町的各處築巢，後果將無法想像。到時，各地都會落雷，很多人更會因此送命。」

司嚇得臉色發白，因為他緊抱著我，所以我可以清楚感受到他全身都在顫抖。

「這……《妖魔圖鑑》上完全沒有提到這些事。現在該怎麼辦？福子，我該怎麼……」

「別擔心，先冷靜下來！」

「對啊！從雌蟲升天、召喚雷電到落雷，還需要一段時間，只要我們找到雷蟲卵，順利把它封印起來就安全了。所以當務之急，就是趕快去山頂找出雷蟲卵。」

司把月尾說的話告訴夏美，我們快步衝上山頭，路上遇到一群幼兒園小朋友，但夏美和司拚命奔向山頂，沒有時間和他們打招呼。

終於來到山頂。我抬頭看向天空，天色暗了下來，前一秒還是萬里無雲的好天氣，此刻烏雲在天空翻騰，逐漸聚攏，一定是受到了雌蟲的召喚。

司、夏美和月尾分頭尋找雷蟲卵，但都毫無所獲。月尾拔下尾巴上的毛，變出許多分身小狐狸，找遍了整個山頂，依舊沒有發現雷蟲卵的蹤跡。

「月尾，這是怎麼回事？雷蟲卵到底在哪裡？」

「我們地毯式的搜索都沒有看到，代表它可能被移去其他地方。雷蟲卵沒有腳，不能自行移動，我認為是有人把它帶走了。」

「把雷蟲卵帶走？」

「普通的妖怪和神靈不可能移動雷蟲卵，因為大家都知道，雌蟲召喚的雷很快就會打下來。」

「所以只有可能是人類移動的嗎？但是……人類為什麼要拿走它？」

「或許認為它是什麼稀奇的寶物？雷蟲卵就像是顆會發出微光的蛋，任何人看到漂亮又難得一見的東西，不都會想要帶回家嗎？我猜想拿走雷蟲卵的應該是小孩子。啊！剛剛我們不是遇到一群幼兒園的小朋友嗎？該不會……」

「糟糕！」我大叫出聲。

今天是丸子幼兒園小朋友到山上撿栗子的日子，剛才正是遇到他們撿完栗子準備下山。他們一定在山上跑來跑去，很有可能在撿栗子的過程中，看到發光的雷蟲卵便順手撿了起來。

「福子，你的意思是，很有可能是某個幼兒園小朋友把雷蟲卵帶回家了嗎？那真是太不妙了！得趕緊找到他，把雷蟲卵拿回來，否則當雷打下來時，會傷到那個小朋友。」

我心急如焚，想要立刻衝下山。

司臉色鐵青的說：「等一下！距離我們遇到那群小朋友已經過了好一段時間，他們應該早就回到家了。既然他們已經離開山上，不是很安全嗎？」

「未必是這樣。」月尾擔心的說：「我之前曾經聽說過，雌蟲召喚的雷一定會打在蟲卵上，無論雷蟲卵在哪裡，雷都會打中它。」

「所以……」

沒時間再思考了，我們全速衝下笹子山，月尾跑在前頭，想要盡快找到拿走雷蟲卵的小朋友。

「我找到人之後，會用狐火通知你們，你們也要盡可能快速下山。」

月尾說完後，像流星一樣消失了。我第一次看到月尾這麼緊張，這意味著事情很嚴重，我的背脊發涼，感到非常不安。

「司，你趕快解除我身上的魔法，我也要去找那個小朋友。」

「這……短時間我沒辦法做到，我施展在你身上的魔法很複雜，無法輕易解除，得要舉行儀式。」

「你這個惹事的傻瓜！」

「對不起……」司哽咽了起來。

「你哭什麼？快趕路啊！順便把目前的狀況告訴夏美，讓她知道發生了什麼事。」

我斥責哭喪著臉的司，我從來沒有這麼著急過，我最愛的丸子町即將有人遭遇危險，而我卻變成了絨毛娃娃，連尾巴都無法動彈。

不！還來得及，只要趁危險發生前解決就可以了。無論發生再大的災難，我都要保護丸子町裡的所有人。我一次又一次的在心裡發誓。

5 烏雲逼近

我們下了山，回到丸子町，還沒喘口氣，只見此刻天空烏雲密布，籠罩了整個城鎮，這是我頭一次見到如此漆黑又可怕的天空。

毫不知情的丸子町居民匆忙的跑回家中，街上一個人也沒有，靜悄悄的就像暴風雨來臨前的寧靜。

我們在寂靜的街上奔跑，目的地是丸子幼兒園。夏美說，也許撿到雷蟲卵的小朋友把它交給了老師，就算沒有，老師也可能知道是誰撿了不尋常的東西。

我覺得夏美的話很有道理，她的腦筋動得真快。

當我們快到幼兒園時，藍白色的狐火出現在我們面前。夏美

原本想繼續向前跑，但司停下了腳步，因為狐火移向和幼兒園不同的方向，示意我們跟著走。

「是月尾的狐火！牠找到撿拾雷蟲卵的人了。」

「夏美，不用去幼兒園了。」司對夏美說。

「狐狸發出訊號了嗎？在哪裡？」

「往這裡！跟我來。」

司跑在夏美前頭，我們跟著狐火的指引，來到住宅區一隅。此時丸子町上空的烏雲黑得不能再黑，還伴隨著「轟隆轟隆」的聲響。

司的臉色越來越差，「快了！雷就要打下來了。」

「別說這種不吉利的話，我們還有時間。」

我大聲喝斥司，希望他打起精神時，月尾出現了。

「福子、離家少年郎，過來、快過來！」

月尾指著一棟透天厝說：「雷蟲卵就在這戶人家的小孩手上。」

「月尾，做得好！」

「太好了！夏美，就是那戶人家。」司不忘告訴夏美這令人振奮的消息。

「那是小靜家。」夏美說。

「夏美，你可以和她談一談，請她把雷蟲卵還給我嗎？她不認識我，由我出面可能會嚇到她。由你來說服她應該比較好。」

夏美點點頭，「好！我去試試看。司、福子，你們在這裡等我。」

「叮咚！」

夏美按下門鈴，我們則躲在暗處觀察。

有人應聲開了門，夏美走進屋裡，而我們能做的就是靜靜等待。

「會成功嗎？」

「一定會的。我相信夏美，她絕對可以搞定。」

我盡力安撫灰心喪志的司，身旁的月尾竟嘀嘀咕咕的說著洩氣的話，「討厭！好可怕。天上從剛才就一直『轟隆轟隆』的響個不停，我都快嚇昏了……」

「月尾，你可以正向積極一點嗎？學學我，努力的正面思考。對了！你快飛去雲上，用你的神力使烏雲散去，或是讓雷晚一點再打下來。總之，快想想辦法。」

「飛到烏雲上嗎？我是知道散開烏雲的法術啦！但

這片烏雲這麼大，會有效果嗎？這我實在沒有把握。」

月尾一副畏畏縮縮的樣子，我瞪著牠說：「除了你之外，還有誰能去？你也看到了，我變成絨毛娃娃這副模樣，我能去嗎？你快去啦！」

「拜託！我們只能靠你了。」司滿懷希望的說。

「嗚嗚嗚，真的只能靠我嗎？我有一種很不妙的預感，狐狸的第六感叫我不要去……」

「不要再囉嗦了！現在、我叫你趕快去！」我放聲大吼，月尾只好心不甘情不願的飛向烏雲。

「這隻狐狸真沒志氣。」

「對不起……真的很對不起。如果我知道會這麼嚴重的話，一定會告訴家人。即使會挨罵，我也一定會誠實的說出來，並在雷蟲產卵前抓到牠。真的、真的很抱歉……」司默默的低下頭。

「現在說再多也於事無補，最重要的是祈求雷別打到任何一個人或動物，你只要專心想這件事就好了。」

「轟隆隆——」空中的聲響越來越大。

夏美拿到雷蟲卵了嗎？快拿到手，然後趕快回來。

夏美沒有出現，反而是月尾回來了。牠的身上全是燒焦的痕跡，還冒著煙。

「我、我失敗了。福子，我失敗了……」

「法術不管用嗎？」

「我根本沒辦法施展……我只是稍稍靠近烏雲，就變成這樣。那是道威力很強的雷，我完全拿它沒轍，甚至是無法靠近。」

司的頭低得不能再低，我很清楚他在想什麼，因為這一切都是他造成的，所以我什麼都沒說，既沒有責備他，也沒有安慰他，這是他必須承受的。

這時，夏美從屋裡走出來，身邊還有一個小女孩。

「她應該就是小靜吧？」

小女孩嘟著嘴，手上緊握著雷蟲卵。白色的蟲卵有

點半透明，差不多和乒乓球一樣大，發出淡淡的金色光芒，的確很漂亮。就算不是小孩子，看到這麼漂亮的東西，也會想會撿回家。

「啊！是雷蟲卵。」

司不顧一切的衝向前，可見他真的很高興。然而，小女孩往後退了一步，把雷蟲卵藏到身後。

夏美一臉為難的說：「對不起！我無法說服小靜，她怎樣都不願意把雷蟲卵交出來。」

「這是我撿到的，這是我的寶物。」

我靜靜看著這一幕，心裡很著急，「怎麼辦？再不快點，天上的雷就要打下來了。」

月尾向司提出建議：「離家少年郎，看來小靜不可能就這樣把雷蟲卵交給你。或許你可以找個東西和她交換，只要她願意交出雷蟲卵，你就送她更好的東西。」

「好！我來試試看。」司轉身對小靜說：「我拿其他東西和你交換，好嗎？你想要玩具還是娃娃呢？不然糖果也可以，我可以給你很多很多糖果，只要你願意把這個還給我。」司的手指向雷蟲卵。

「我不要！」

「這些都不要嗎？那我給你更漂亮的化石。」

「什麼樣的化石？」

「又尖又利的恐龍牙齒，很威風吧？只要你願意把這個還給我，我馬上把恐龍牙齒拿來給你。」

「我不要！這個比較好。」

「那……你可以等我一下嗎？」

無計可施的司跑到我身邊，哭著向我求救。

「不管我怎麼說，她就是不肯把雷蟲卵給我。」

「你要拿小女孩可能會喜歡的東西來交換啊！」

「福子？」

正當司一籌莫展時，我聽到有人在叫我。

小靜的雙眼閃閃發光，跑了過來，「哇！是福子，和福子長得一模一樣。」

有了！我靈機一動，對司說：「把我送給她。」

「什麼？把你送給她？」

「廢話少說，如果不趕快把雷蟲卵拿回來，就要出大事了！沒什麼好猶豫的，等把雷蟲卵封印後，再來解除我的魔法。動作快！」司把我遞給小靜，「這個福子娃娃可以嗎？這是全世界獨一無二的福子唷！」

「你怎麼可以這樣！」

「夏美，我等一下再和你解釋。小靜，你願意和我交換嗎？」

「嗯，好！」

夏美表情複雜的看著司和小靜交換了手上的東西。

當小靜的手就要碰到我的那一刻，一道刺眼的白光包圍住我們，我感覺到心臟緊緊揪了一下。打雷了！雷打下來了！我必須保護夏美和小靜。

我發現自己的身體突然可以自由活動，雖然不知道原因，但沒時間思考這些，我掙脫了司的手，撲向小靜和夏美，這一切都發生在轉眼之間。

「福子！」

不知道是誰大叫我的名字，剎那間，我感受到巨大

的衝擊，整個身體像散開了一樣，而我失去了知覺。直到最後一刻，我仍然想要保護夏美、小靜，還有司。

「福子！福子！」

咦？這是月尾的聲音，牠不停叫著我的名字。

「真是……吵死了！」

我呻吟著睜開雙眼，看到月尾露出擔憂的神情，直到我坐起身，牠才大大的鬆了一口氣。

「太好了！你終於醒了，真是太好了！」

「……」我茫然的看著月尾，無法思考。

「福子，你沒事吧？」

「我的頭好痛。」

「那是當然的啊！因為你被特大的雷打到了。」

雷！我想起來了，是呼喚雷的雷蟲。

「夏美呢？小靜和司呢？他們怎麼樣了？」

「別擔心！他們雖然昏過去，但剛剛送往醫院了。三個人都沒有受傷，多虧有你，獨自承受了雷擊。」

「我嗎？」

「如果不是你保護他們，不光是夏美和小靜，就連那個離家少年郎應該也沒救了。那道雷的威力有夠強，連你身上被施展的魔法也一併解除了。」

我這才發現，我已經不是絨毛娃娃了。在被雷打中之後，我好像又變回了原來的幽靈貓。

我突然想起一件事，「對了！那時候我明明還是絨毛娃娃的狀態，卻發現自己可以自由活動。」

「嗯，我也感覺到你在那個瞬間，靈力增強了好幾倍，嚇了我一大跳。即使你再怎麼想保護那幾個孩子，也不可能一下子爆發出那麼強的靈力。福子，你是不是吃了什麼可以增強靈力的食物？還是喝了御神酒？」

「不！都沒有。但我大概知道是怎麼一回事。」

那是司抱著我到商店街時發生的事。丸子町的大家不是都伸出手，溫柔的摸著變成絨毛娃娃的我，並喊著我的名字嗎？當時，我接受到他們的愛和感情，這些全變成了我的力量。

一定是這樣，我才能在緊要關頭發揮這麼強大的力量。並不是我救了夏美、小靜和司，而是丸子町的所有人救了他們。我深刻體會到這一點，月尾卻笑了出來。

「我也想到一件事。在你昏過去時，離家少年郎的家人同時趕到了。」

「司的家人嗎？」

「嗯，他的爸爸、媽媽、爺爺、奶奶、叔叔和阿姨通通都來了，他們火冒三丈又擔心不已。等到離家少年郎醒過來，一定會被他們痛罵一頓。」

「雖然有點同情，但他也是自作自受。」

事情發展到現在，總算讓人放心了。

「月尾，你說夏美他們被送去醫院，對嗎？」

「嗯，他們差不多也該醒了。」

於是，我們一路飛往醫院。

尾聲

之後發生了什麼事？我們猜得沒錯，司被趕來的家人狠狠罵了一頓，司完全沒有辯解，靜靜的接受責罵。他的表情有點像大人，這件事讓他成長不少。

司離開前對我說：「我會把丸子町的美好通通和家人們分享，希望我們以後可以搬來這裡。」

不久的將來，也許會有新的家庭加入丸子町，我的內心非常期待。

打雷的騷動在丸子町引起一番討論，三個小孩被雷打到卻沒有受傷，大家都感到很不可思議。

夏美和小靜在醫院醒來後，異口同聲的說：「是福子絨毛娃娃救了我們。」

夏美有這種感覺我並不意外，沒想到連小靜都這麼認為，不枉我奮力保護她們，真是太值得了。

這個傳聞很快就傳開了，大家紛紛前往「桃木玩具屋」要求製作福子絨毛娃娃。因為這樣，福子絨毛娃娃在丸子町相當流行，還有手機吊飾、貼紙、杯子……不管什麼都要搭上福子的造型，到處都可以看到我的身影。

月尾整天調侃我：「大明星福子大人！」

唉！太有人氣好像也有點難為情。

文／廣嶋玲子

出生於日本神奈川縣，2005 年以《水妖森林》獲得第四屆少年冒險小說大獎後踏入文壇，以《狐靈牢籠》獲得第十四屆兒童奇幻文學大獎的鼓勵獎。著有《盜角妖傳》、《送行者的女兒》、《鐵匠的女兒》、「半個神」系列、「鬼辻有鬼」系列、「魔女犬碰碰」系列、「神奇柑仔店」系列、「十年屋」系列、「妖怪出租」系列和「充滿祕密的魔石館」系列。

圖／薔薇松瞳

出生於日本埼玉縣，曾擔任漫畫家助理，目前主要為童書繪製插畫。繪圖作品有《星堡》、《爸爸是綁匪》等。

譯／王蘊潔

專職日文譯者。熱愛閱讀、熱愛故事。除了或嚴肅或浪漫、或驚悚或溫馨的文學小說，也嘗試多種風格的童書翻譯。過程中充分體會童心、幽默和許多樂趣。童書譯作有《忍者學校：世界上最重要的東西》、「怪盜亞森 · 羅蘋」系列（小熊出版）；「神奇柑仔店」系列、「怪傑佐羅力」系列（親子天下）；《胡蘿蔔忍者忍忍》、《小鈕扣》、《山鳩》（步步）等。臉書交流專頁：綿羊的譯心譯意。

繪童話

幽靈貓福子❸召喚魔法的少年

文：廣嶋玲子｜圖：薔薇松瞳｜譯：王蘊潔

總編輯：鄭如瑤｜副主編：姜如卉｜美術編輯：張簡至真｜行銷副理：塗幸儀

社長：郭重興｜發行人兼出版總監：曾大福
業務平臺總經理：李雪麗｜業務平臺副總經理：李復民
海外業務協理：張鑫峰｜特販業務協理：陳綺瑩｜實體業務協理：林詩富
印務協理：江域平｜印務主任：李孟儒
出版與發行：小熊出版・遠足文化事業股份有限公司
地址：231新北市新店區民權路108-2號9樓｜電話：02-22181417｜傳真：02-86671851
客服專線：0800-221029｜客服信箱：service@bookrep.com.tw
劃撥帳號：19504465｜戶名：遠足文化事業股份有限公司
Facebook：小熊出版｜E-mail：littlebear@bookrep.com.tw
讀書共和國出版集團網路書店：http://www.bookrep.com.tw
團體訂購請洽業務部：02-22181417分機1132、1520

法律顧問：華洋法律事務所／蘇文生律師
印製：天浚有限公司｜初版一刷：2021 年 8 月｜初版三刷：2022 年 7 月
定價：320元｜ISBN：978-986-5593-41-4

國家圖書館出版品預行編目（CIP）資料

幽靈貓福子 . 3, 召喚魔法的少年 / 廣嶋玲子文 ;
薔薇松瞳圖 ; 王蘊潔譯 . -- 初版 . -- 新北市 : 小熊
出版 : 遠足文化事業股份有限公司發行 , 2021.08
136 面 ; 21 × 14.8 公分 . --（繪童話）
譯自 : ゆうれい猫と魔術師の少年
ISBN 978-986-5593-41-4（平裝）
861.596　　110009532

小熊出版官方網頁　小熊出版讀者回函